청어詩人選 25

| 이은욱 시집 |

너는 참 행복하여라

청어

너는 참 행복하여라

이은욱 지음

발행처 · 도서출판 **청어**
발행인 · 이영철
기　획 · 손영국 | 김홍순
영　업 · 이동호
편　집 · 김영신 | 김인현
디자인 · 오주연
인　쇄 · 두리터

등　록 · 1999년 5월 3일(제22-1541호)

1판 1쇄 인쇄 · 2008년 3월 3일
1판 1쇄 발행 · 2008년 3월 13일

주소 · 서울시 서초구 서초동 1588-1 신성빌딩 A동 412호
대표전화 · 586-0477
팩시밀리 · 586-0478

블로그 · http://blog.naver.com/ppi20
E-mail · ppi20@hanmail.net
ISBN · 978-89-92554-57-2　(03810)

너는 참 행복하여라

| 시인의 말 |

어제도 오늘도

해님과 달님이 동행하고
구름과 바람이 너울대며
천수가 산하에 흘러가는
변상의 사계 속에
먼 세상 숲으로 걸어왔어요

뒤안길엔
삶의 희로애락이
올망졸망한 점으로
가슴속에 살아 있건만

이제는
반걸음씩 걸어야할 때인가
흔적마다 허무함이 차고
돌아서면 휭-한 마음뿐

가던 길 멈추면 여정도 끝나고
연분홍 꽃잎 되어
천궁으로 날아갈 텐데…

그날이 문밖에 있어
가슴속 하얀 점들을
한 올 한 올
세상 속으로 풀어내려오

正巖 李殷旭

c·o·n·t·e·n·t·s

관조로 얻은 통찰과 서정

김년균
(한국문인협회 이사장)

시위를 떠나 달아나는 화살처럼 세월이 참 빠른 것 같다.

나는 1972년 존경하는 박목월, 이동주 선생님의 추천으로 문단에 데뷔한 후, 수많은 문인들과 인연을 맺었고, 정든 얼굴들을 하늘의 뜻에 따라 앞서 떠나보내기도 했고, 문단의 현실에 대하여 실망, 좌절, 회의가 들 때도 있었지만 극복하면서 오직 외길을 걸어왔다.

시인의 길을 걸으면서 나름대로 깨달은 바가 있다면, 훌륭한 시인, 성공하는 시인은 언제, 어떻게 두각을 나타내는가 하는 문제이다. 시를 쓰는 천부적 재능도 중요하지만 진리를 찾아서 고뇌, 갈등이 깊거나 살아계신 창조주 앞에서 티끌에 불과한 자신의 존재를 인식하여 겸손히 엎드려 글을 쓰는 분들이 한국 문단에 그 이름 석 자, 아름답게 남기는 것을 보았다.

인천 남동구 문화예술회 사무국장으로 일하고 있는 이은욱 시인의 시집 원고를 읽으며 나는 먼저 관조의 눈을 뜨고 무엇인가 찾아 헤매고 있는 시인을 만날 수 있어서 기뻤다.

방황하여 길을 찾는다는 것은 무엇을 말하는가. 깊은 통찰과 갈등, 몸부림이 수반되고 있다는 뜻이다. 인생 참다운 길은 내면의 숲, 탐욕의 가시덤불 속에 감추어져 있어 진리의 눈을 뜨지 않고는 그 입구를 도저히 찾을 수 없다.

러시아의 문호 도스토예프스키는 인간의 내적 투쟁은 마음속에서 이루어지기 때문에 신과 악마의 한판 싸움터는 바로 자기 속에 존재하고 있다 하였다.

철학자 플라톤 역시 "인간 최대의 승리는 내가 나를 이기는 것이다"라고 말하였다. 자신과의 싸움을 계속해 나가면서 인생의 길을 흔들림 없이 걸을 때에 시인의 안목으로 사물을 바로 보는 눈이 밝게 되고, 사물의 정체를 바로 판단할 수 있을 때 진실이 함축되어진 생동감 넘치는 시가 탄생된다.

이것은 나의 오랜 시력(詩歷)으로 얻어진 체험이며 진솔한 고백인 동시에, 후배 시인들을 향한 독려이기도 하다. 내가 쓴 여러 작품들 중에서 불면으로 뒹굴다 갈등과 고뇌 속에서 눈물로 씌어진 작품들은 시를 사랑하는 독자들에게 사랑을 넘치도록 받을 수 있었기 때문이다.

횡—하니
떠나고 싶은 마음에
망설임만 커지고

후들거리는 몸
걸음이
천근만근이니

불혹 인생 넘긴
지천명의 길이어도
아직도
서툰 길 걸음인가

—「아직도 서툰 길 걸음인가」 전문

　이은욱 시인은 지천명의 인생길을 아직 서툰 걸음으로 걷고 있다고 말하고 있다. 그만큼 자신에 대하여 갈등이 깊고 정체성에 만족할 수 없어 일거수일투족 통찰하고 있다는 뜻일 것이다.

　서문에서 다양한 시들을 소개하지는 못하지만, 이은욱 시인의 작품은 깊은 신앙심과 어우러져 교훈적 메시지를 행간 밖으로 전달하려 애쓰고 있다. 시의 음악성을 중시하기보다는 인생에 대한 성찰의 진리를 담으려고 고뇌하고 갈등한 흔적들이 엿보인다.

그렇다. 시인은 갈등하고 투쟁해야 한다. 좋은 시를 쓰기 위해서 타인이 아닌 자아(自我)를 붙들고 거꾸러뜨리는 인격자가 되어야 하고 승리의 축가를 불러야 한다. 그래야만 깊은 진리가 함축되어진 작품을 잉태할 수 있고 해산의 고통을 거쳐 곰삭은 작품들을 후대에 남길 수 있을 것이다.

성공하는 시인은 누구인가. 사물을 깊이 보고 자신을 다스릴 줄 아는 진실하고 능력 있는 사람이다. 이런 시인이 쓴 작품들은 저절로 독자들의 사랑을 받지 않을 것인가.

『너는 참 행복하여라』 시집 상재를 축하하면서 대성을 기원한다.

 · · · · · · 너는 참 행복하여라

1
축복의 기도

부모님께 효도하며
형제간의 우의와
나눔 사랑의 삶 속에서
행복을 찾는 부부로 살아가길
간절히 기도한다

· · · · · 너는 참 행복하여라

첫눈

첫눈이 내리던 날
함박눈이
온 천지에 명화를 그려도
이방인은 고독하다

붉은 군사들의
깃발소리는 멈추지 않고
고향 그리움에
서러운 이방인

만인의 흔적 사라진
눈길 걸으며
첫눈 내리는 대구 벌에서
이방인의 눈물이다

첫눈 쌓인 거리엔
미운 마음 쓸어내리는
이방인의 흔적이다

춘몽(春夢)

세상 모든 것이
아름다워
모든 것이 환희로운 곳

그 곳에는

시기할 일 없고
질투할 일 없는
그래서 미움이 없는 곳이니

그 곳에는

그리움만 있어
사랑만이 있는
행복함이 충만한 곳이니

그런 곳에서

사랑하는 당신과
함께 살아갈 수 있다면
얼마나 행복할까

그런 곳에서

여생을 살고 싶은
간절한 마음
아는지 모르는지

너는
너대로 살아가라
나는
나대로 살겠노라

그 세월은
덧없이 지나가고
초생달빛에 걸친 청춘이
흐느껴 우는구나

축복의 기도

하느님 사랑으로
둘이 만나
만인의 축복 속에
새로운 삶을 시작하게 된

사랑하는
경훈아, 안나야
바라노니
하느님 섬기는 신앙으로

就義者: 바른 도리를 좇는 삶과
愛禮者: 예를 사랑하고 존중하는 삶을
知德者: 지식과 도덕을 갖춘 삶과
明智者: 밝은 지혜를 갖춘 삶을
有信者: 신의가 있는 삶을 통하여

아내를 사랑하는 남편과
자녀를 사랑하는 아버지로서
남편을 사랑하는 아내와
자녀를 사랑하는 어머니로서

부모님께 효도하며
형제간의 우의와
나눔 사랑의 삶 속에서
행복을 찾는 부부로 살아가길
간절히 기노한다

오직 하나 당신뿐입니다

오- 신이시여!
이내
기도를 들어 주소서

어리석은 자의
끝없이 타오르는 분노를
억제할 수 있는 지혜 주시며

아둔하고 미약한 자
더 이상은
시험에 들지 말게 하시고

음해의 혀끝에
휘말리지 않도록
주님의 은총으로 구원하시어

정도가 살아 있고
뿌린 대로 거두는 세상에
진실이 살아 있음을 깨닫게 하소서

당신이 가신 길은
가시면류관 쓰신
고난의 길이어도 큰 영광 되시니

미약한 이 놈이
기댈 곳은
오직 하나 당신뿐입니다

묵향(墨香)

오늘도
무더위 찬 공간에
양초향이 코 속에 스민다
정말로
말이 필요하였으나
결코 말없이
침묵의 시간이 흘러갔다

온종일
오염된 하수구를
유리그릇 반 채워진
물로 씻어본다
미정된 화제(畫題)의
그림 작업을 위해
청결한 공간이 필요하였다
그 정도의
양심과 체면은
세워야 할 것이 아닌가

묵향(墨香) 휘감은
붓이 강하게 때론 천천히
그러다가 아주 강하게
화선지 위에서 춤을 춘다
레오나르도 다빈치의
작품이 명화라고 하지만
이보다 더
환희로운 명화를 그릴 수 있을까

이 그림 속에서
쉼 없이
솟구치는 천수를 보았는가
장선지가 혼절할
대붓의
춤사위는 연이어지고
퇴색하는 붓털이
청송 숲에
그윽한 솔향을 피운다

그대 훈장이 무엔가

산천이 아름답고
금추(金秋)는 풍요해도
위장(偽裝) 채울 탐욕을 버리자

천천히
아주 천천히
나비 과정을 잊었는가

앞만 보고 살아 온
소견세월(消遣歲月)이니
이제는
쉬어갈 때도 되었네

욕심의 눈빛과
과욕의 발걸음,
가식의 몸짓도
내세울 것 아니거늘

불혹 넘어 지천명
그대의 훈장이 무엔가
이제는
반걸음 쉬었다 가게나

이내 남은 생의
절반을 나눈다 하여도
벗이 있으니
그만큼 나눔일세

내 요람지(搖籃地)가 이곳이요

동녘의 아침 해가
찬란한
가야산 산정이다

두 눈에 차오르는
생명의 빛이
달콤하고 투명하여라

오염의 도시 탈출
네댓 시간인데
이리도 환희로운가

쥔님과 마주 앉아
가야산 풍경 담아
차 향에 우정을 채우나니

내 그리던 터
행장 내릴 곳
내 요람지(搖籃地)가 이곳이요

새소리 바람소리 물소리에
심심상인(心心相印) 하면
무상무념(無想無念)이라

이곳에
머물러 살 수만 있다면
나, 귀향치 않겠소

동풍이 휘몰아치던 날

동풍이 휘몰아치던 날
단죄(斷罪)의 칼날에
서른한 송이 꽃이 떨어졌다

공포의 용사들아
붉은 깃발 휘날리며
천지를 뒤흔들던 기상은
다 어디가고 냉소인가

거침없는 독설과
참혹한 파괴심이
핍박의 얼룩을 지울 수 없다면

그대 무엇을 얻었으며
나는 무엇을 잃었는가
진정 승자는 누구이며
진정 패자는 누구인가

눈은 있으나
바로 보지 못하고

귀는 있어도
바로 듣지 못하니

혀는 있으나
바른 밀을 못하고
몸은 있어도
바로 서지 못하니

아아, 치명자(致命者)여
당신의 응답은
진정 무엇인가요

사랑을 위한 기도

신이시여
우리의 간절한
기도를 들어 주소서

이 세상
온갖 시련과
고난이 닥쳐와도

변하지 않는
굳건한
사랑을 하게 하소서

조건 없는
사랑으로
잠시 헤어짐도 아쉬워하며

미움 없는
사랑으로
이별 없는 사랑을 하게 하시고

잠시라도 못 보면
아무 일도 하지 못하는
그런 사랑을 주시며

험한 세상이
추악하여도
그 늪에 빠지지 않는 사랑과

명예와 금욕을
원하지 않는
그런 사랑을 하게 하시고

시기와 질투가 없는
평화로운
사랑을 하게 하시며

장미꽃보다 아름답고
백합꽃보다 순결한
그런 사랑을 하게 하소서

상처

너와 나
상처 난 뜰 앞에 선다

갈기진 심장 속에
혈분(血噴)처럼 뜨거웠던
애욕의 바다는 썰물을 부르고

광란(狂亂)의 파도가
암벽에 부딪쳐
굉음과 함께 사라질 때

끈적이던 애심(愛心)은
엉킨 영혼의
여운을 남긴 채 처절한 죽음이다

볼 위에 흐르던 눈물이
염기(鹽氣)로 남아
배신한 검은 미소가 스친다

숨 막힐 듯
더럽혀진 현실 앞에
진실은 옥죄이고

오염된 세상에
나뒹굴어진 입술로
진실이 사라지던 날…

가을 행장

이 가을이 다 가기 전에
여행을 준비하자
상처 난 사랑 행장에 담아 먼 길 떠나련다

들녘 풍요로움이 대수인가
겨울 준비 채 이른 계절, 낙엽 쌓인 오솔길
그 곳에 사랑의 흔적 묻어 두고파

도시의 장벽 앞에
참아온 눈물일랑
낙엽 위에 쏟아 놓으면 후련할까

슬픈 흔적 채 마르기 전
첫눈 피막에 쌓여 깊은 잠 청할 때
못다 한 사랑이야 가을에 묻자 하고

저미어 오는 가슴 가득
코스모스 꽃잎 물들이며
끝내 터져버릴 눈물일랑 낙엽에 적시려거든

그래 먼 길을 떠나보자
귀향의 길 빈 행장 발걸음이
그러면 가벼워질까

2
고귀한 선물

하느님을 섬기고
부모님을 공경하며
형제를 사랑하고
나눔 사랑을 실천하는
효린이 되어주길
간절히 기도한다

• • • • • • 너는 참 행복하여라

고귀한 선물

하느님의 축복으로
세상에 태어난
천사 같은 효린아

하느님께서
우리 가정에 내려주신
고귀한 선물

너는 우리에게
사랑과 웃음을 주었고,
삶의 고단함을 지울 수 있는
희망을 주었지

열심히 생활하며
건강을 지켜야 할
삶의 목표를 심어주고

가족을 아끼고
사랑해야 할
사명감을 갖게 하였지

시기와 미움으로
질투와 증오함을
정안하는
애심을 심어주었고

토라진 혈육의 마음을
돌아서게 하여
가정의 평화를 주었지

하느님을 외면하였던
가족에게
신앙심을 주었으니

하느님의 큰사랑
고귀한 선물
널 위해 기도하나니

아름답고 청순하며
총명하고 지혜로운
건강하고 촉망받는

지(智), 덕(德), 인(仁), 체(禮)를 갖춘
인물로 성장하여
만인의 칭송을 받으며

하느님을 섬기고
부모님을 공경하며
형제를 사랑하고

나눔 사랑을 실천하는
효린이 되어주길
간절히 기도한다

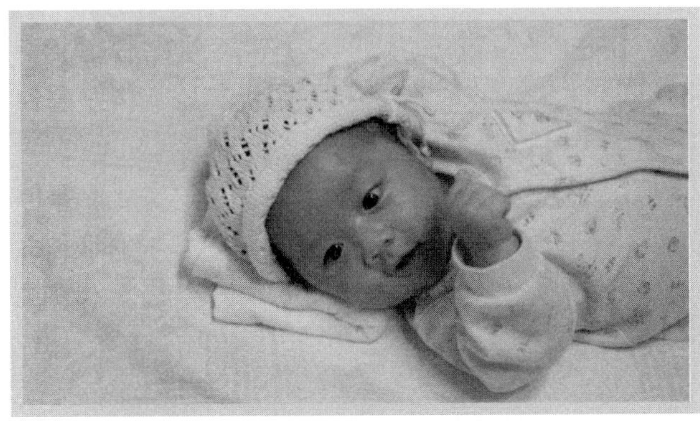

축복의 날

당신이
엄니의 포궁(胞宮)과 이별하고
세상 여행을 시작한 날

변상의 사계 속에
귀천(歸天)하신 가존(家尊) 그리워
서러운 삶의 엄니생각에

엄니처럼 살자 하고
자궁에 씨앗 뿌려
산고 끝에 귀한 자식 얻었으니

하느님이 주신 선물
바람 불면 날아갈까
비가 오면 쓸려갈까
애지중지 키웠더니 빛나는 이름일세

당신은 소중한 사람
당신은 고귀한 여인
당신은 위대한 엄니

덧없이 흘러간 세월
소녀의 꿈은 없어도
서럽다 말하지 마오

그대는 행복한 여인
못다 한 꿈을 위해
희망의 나래를 펴고

저 높은 창공을 향해
저 넓은 광야를 향해
한껏 날아보아요

그곳에서 살수 있다면

돈과 명예도 싫고
부귀와 영화도 싫다

늘 푸른 산
오염되지 않아 좋은 곳
해맑은 물이
사계절 쉼 없이 흐르는 계곡

문명의 때가 덜하여
사욕의 다툼이 없는
토인(土人)으로 살 수 있다면

사계(四季)로 엮어낸 시
노래 부르고
맑은 시선 붓놀림이 삶을 남기니

여로에 지친 산객
머물러 갈 쉼터인데
좀 외로우면 어떠하오

해질녘엔 홀로 갈 저승길
그리 멀지 않았는데
아옹다옹할 것이 다 무엔가

도시의 삶 내려놓고
그 곳에서 살 수 있다면…

보현스님

해인사 휘돌아
가을비 내리는 보현암
텃밭 스님들이
수확의 기쁨을 나누고

산창(山窓)에 비친
앞산 비경에 새 한 마리
푸다닥
날아와 창에 부딪힌다

솔거의 벽화처럼
산창(山窓)은
명화(名畵)중의 명화로다

고운 보현스님이
섬섬옥수로 빚어낸
차향에 취할 때

- 먼 길 가시는 임 편히 가소

스님 말씀 건네시던
고운 마음 지울 수 없어

- 정표를 남겨주소!

서명 받아 작별하고
심(心)자 연못 지나자니
가는 임 야속하여 빗물이 굵어지니

보현스님!
수억 확률의 인연
우리 언제 다시 만나오리까

마음으로 가는 고향

임이 함께 가는 길
달리는 차창 너머
석양빛이 눈부시게 고와라

임의 손 살포시 잡아
헉한 숨 쉬는 곳
멀지 않은 세월 저편 황토길

시멘트 포장되어
낯설음이 더하여도
임과 함께 가는 길이라 좋구나

꼬부랑길 돌자하니
작은 언덕에
마음으로 가는 고향이 있네

청솔잎 띄운 동동주
표주박 잔술 들어 소원 성취 넋두리에
파전 맛 입에 담으니

이 몸
무엇을 더 바라리까
임이 함께 하시거늘

그리운 임

서녘에 해질 때면
생각나는 임이시여

어제도
오늘도
내일도

멀리 떠난 임 그리다
무언장승 되어
눈물만 흘리고 있네

임 지척일 때엔
사랑인줄 몰랐는데
이제와 생각하니
사랑인 것을…

그대가
내게 준 마음이
사랑이란 걸 알지 못하고

당신이 떠나간 뒤
임 기다리는
장승이 되어 알았네

유수와 같은 세월
사계는 변상해도
내 님은 돌아오지 않고

어제도 오늘도
혹여나 오실까
임 기다리는 장승입니다

목인(木人)이여

내 마음속에
언제나
살아 있는 목인(木人)이여

내 사랑 당신이
그리워도
고백하지 못하고

오늘도
애처로운 눈빛으로
그대를 보며

마음의 그물로
포획을 하지만
그대 눈은 슬픔이어라

그대가
지척에 있어도
당신은 언제나 목인이여

더 이상
다가갈 수 없는 마음에
저미는 가슴으로

깊어진 사랑이
미움 될까봐
서글퍼지는 목인이여

그대는
언제나 외로운
내 마음에 목인이여

충매화(蟲媒花)

긴 세월의
옥구(獄具)를 풀던 날
솟구치는 천수(天水)여라

허공 휘돌아 찬
용트림이
천지를 흔들었으니

하늘이시여
솟구치는
이 정염(情炎)을 어찌 하오리까

앵두 빛 속살이
목청을 태우고
질근거리는 입술 피멍이어도

환희로운 수성이
고갈될 때까지
무엇으로 멈출 텐가

초침이 도망치니
분침이 지나가고
시침이 흘러가네

성욕(性慾)의 부심(浮心)이
여음(女陰)을 찾아
충매화(蟲媒花)에 빠지네

풋사랑

우리의 사랑일랑
새싹처럼 푸른
그런 사랑을 시작해요

동화 속에
나오는
소년과 소녀의 사랑처럼

해맑은 눈빛으로
새하얀 마음을 주고받는
순결한 사랑과

한 번의 거짓말도
한 번의 미워함도 없는
진실한 사랑으로

잠시라도 못 보면
그리움에 애태우는
그런 사랑을 해요

오색 무지개보다
아름다운
그런 사랑을 해요

주고 받다 죽어도
후회 없는
그런 사랑을 시작해요

약속의 땅

오- 내 사랑이여
우리 둘만의
약속의 땅으로 떠나요

전생 인연으로 맺은
우리의 사랑
꽃 피어날 수 있는 곳

고운 빛으로
사랑의 열매 향기 가득한
영원한 안식의 땅

시기와 질투가 없는 곳
물질과 명예가 없는 곳
부귀와 영화가 없는 곳
둘만의 사랑이 있는 곳

사랑노래 부르며
우리 사랑
나눌 수 있는 곳으로 떠나요

우리가
함께할 수 있는 시간이
너무나 짧은데

우리에게
허락된 자유의 순간이
헛되지 않도록

이 밤 동트기 전에
사랑의 날개 저어
안개 속을 휘저어 가요

우리 사랑
함께 나눌 수 있는 곳
약속의 땅으로

언어의 공간

풋풋한 언어는
꾸밈이 덜하여 좋아라
따스한 표현에
이웃의 정감이 좋다네

누구나 반기는
담장이 낮아서 좋아라
절절한 마음을
전하는 사연이 좋다네

초면의 서로가
공유한 시심(詩心)이 좋아라
만남의 기쁨과
나눔의 사랑이 좋다네

아름다운 글밭에서
미와 영상으로
따스한 마음을 나누면

이 험한 세상에
위안을 주리니
참 행복한 공간이로다

3

너는
참 행복하여라

승자와 패자의
환희 회한에 찬
단 웃음과 쓴웃음
그 종착점을 보았는가
이내 여정의
고난 강은 얼마인가
요단강 건너는 날
한줌의 재가 될 인생이여

· · · · · · 너는 참 행복하여라

소중한 하루가

오늘도
소중한 하루가
허무하게 저물었습니다

뭐 그리
잘난 것도 없는데
괴성의 하루가 되었고

뭐 그리
잘한 것도 없는데
증오의 강물이 흐르니

인(人)의 숲에서
만난 인연의
소중함도 모른 채

뭐 그리
잘난 것도 없이
거드름 피는 모습으로

힐끗거린 하루의
세치 혀끝에
어둠을 등졌습니다

너는 참 幸福하여라

11월초 날에
내리는 비가
흐릿한 천지를 그렸다

승자와 패자의
환희 회한에 찬
단 웃음과 쓴 웃음
그 종착점을 보았는가

이내 여정의
고난이 얼마라고
요단 강 건너는 날
한줌의 재가 될 인생인데

반 채운 네 그릇에
과욕을 덜어내고
삶의 보화 담으면
내일은 지천일 게다

정안된 마음으로
세상을 보니
더 큰 행복이 어디에 있는가

네 뒤를 보리
젊은 시절엔
승자의 기쁨도 있었지

환희로운 순간의
허울 찬 기미(羈縻) 속에
끝의 선함을 깨닫고

이제라도
청심과욕(淸心寡慾)한
너는 참 행복하여라

하루무게

장맛비가 멈추니
화창한
하루의 시작이다

그런 하루가
반 점의 보람도 없이
저물어 가니

군상들의
가소(假笑)가
진실을 삼켜버린 채

사수(死守)자의
최후까지
뽀로통할 형상들아

절규의 잔흔과
옹위(擁衛)한
자존심마저 앗아가면

묻고 싶어
찾고 싶어
알고 싶어

내게
남은 것이 무엇이며
너는
무엇을 얻었는가

아무리
자문을 해도
무형(無形)뿐이네

가면놀이

오늘도
온갖 역용술(易容術)의
가면놀이 하루가 저물고

알량한 양심의
휘장을 두르고
도시의 거리로 나선다

무관(無關) 인간들의
힐끔거림에
기심(欺心) 떳떳한 체

꿈틀거리는 허욕을
억누르며
거리를 활보한다

비뚤어진
군상들의 추파가
진하게 다가오니

차라리
너희 덫에 걸린다 하여
가면놀이보다 못할까

이 순산
너희 늪에 빠져
광자가 되어 외쳐보자

세상이여
진정
나는 어디에 있는가

인간들아
너희가 앗아간
나를 돌려다오

광란의 시간이 멈추고
적막이 흐르자
가면놀이도 끝났다

미결의 하루

무거운 아침에
두피 가르는 통증이 몰려와
휘저은 잔흔(殘痕)에
전신이 무너지고

오늘도
태양은 떠오르는데
엊그제의
그 빛은 사라졌나

군상들이 남긴
전흔(戰痕)에
검은 도시의 그물 사이로
암울함이 더하다

어젯밤
그들의 아우성이
아직도 귓전에 생생한데

채 이른 아침
간 밤일을 후회하는
군상들의
연민에 찬 눈빛이

천근만근의 모습으로
우뇌(憂惱)하는
미결(未決) 하루를 지운다

나 그렇게 살고 싶다

왜 이러는가
도대체 왜 이러는 거야
옥죄이는 두통에

헉한 숨 내쉬며
콱 막혀버린
이 가슴에 시원함을 다오

한줄기 빛조차 없는
긴 터널 속으로
빨려 들어가는 충동이다

누구를 위한 전장이며
무엇을
얻기 위한 밀모(密謀)인가

추악한 혀로
뿜어낸 독설은
인내심을 즐기니

선한 자의 관용인가
방관자의 외면인가
쉰 고갯길의 시련이던가

얄팍한 화술에
가식된 웃음과
철저하게 포장된 얼굴로

아부하며
간악한 탐욕을 채우는
그런 삶을 살지 않으리

더 이상
추악한 현실에
나를 던지고 싶지 않다

비록
초라해진 나의 정도를
고집하며 살 수 있다면

이제는
선한 눈으로 세상을 보며
맑은 마음으로 살아가고 싶다

또 다른
자아를 실현할 수 있는
그런 삶을 살아가리라

이 풍진 세상
남은 삶이 얼마나 된다고
나 그렇게 살고 싶다

8월의 도시

반 점 구름 없는 하늘에
살 오른 태양이
알량한 실바람을 재우고

뜰 감나무 매미가
괴성을 지르자
앵두나무에 앉았던
꽃잠자리가 허공을 찬다

더위 먹은 건물마다
가슴을 연 창가엔
인(人)들이 없으니
이 도시를 언제 떠났는가

툭—
퇴색된 감잎이
정원에 떨어진다

나눔 사랑

우리의 삶에는
언제나 희로애락이
함께 한답니다

그 삶 속에는
만남과 이별이 있어
기쁨과 슬픔을 알고

그 삶 속에는
사랑과 미움이 있어
시련의 아픔을 겪고

그 삶 속에는
시기와 질투가 있어
증오와 미움이 차고

영원히
지울 수 없는
슬픈 상처를 남기죠

우리네 삶이
웃으며 산다 하여도
고작 백년인데

아름다운 모습과
평화로운 마음에
기쁨으로 성가를 부르며

너와 내가
나눔 사랑의 삶을
살아갈 수 있다면

천국은
하늘에 있음이 아니라
이곳이 천국입니다

새벽 비

비좁은 이 땅에 살면서
만나면 저 잘났다 아귀다툼질에
진노하신 야훼시여

당신 벌 내리심으로
촌열(寸裂)의 피막(皮膜) 속에서
아우성치는 악인(惡人)들아

그대들의 형상이
선자(善者)와 악자(惡者)의
골 깊은 화심(禍心)이려니

세상 환란의
시작과 끝은 어디인가

난 척하는 무리들의
과신(過信)한 피조물은 찢겨지고
무력한 선자(善者)의 피눈물이
강물 되어 흐르네

거룩하신 주 하나님
불쌍한 이 몸이
간절한 기도와 송가로
주님을 찬양하나이다

야훼님의 애심(愛心)으로
효우(曉雨)가 내리고
무더위 화들짝 줄행랑치네

행복한 일

풋풋한 언어
꾸밈이 덜하여 좋고

따스한 표현
이웃의 정감이 좋아요

편안한 마음
나눔의 사이가 좋고

쓸쓸한 마음
위로해 줄 때가 좋아요

이별한 슬픔
만남의 기쁨이 좋고

행복한 모습
서로가 나눔이 좋아요

따스한 글과
아름다운 영상으로
험한 세상 위안 되어 주리니

이 일마나
행복한 일이 아닌가

그대 그리움

오늘도
그리운 임 생각에
휭 하니 길을 나섰다

차오르는
간절한 그리움에
행여 하는 마음으로

그대의 집 앞을
서성이지만
야속한 당신은 보이지 않고

힘없이
돌아서는 발길엔
매서운 동풍이 볼 위를 스치네

귓가에 들려오는
슬픈 음률이
두 눈을 적시고

보이지 않는
그대를 그리워하며
헤매는 이 시간

터질 것처럼
애달픈 이 그리움을
그대는 아는지

사랑하는 사람이여

그대는 아는가
나 얼마나
그대를 사랑하는지

해오름의 아침부터
해넘이 저녁까지
그대를 사랑하는데

그대는
지금 내 곁에 없어
애태우는 사랑이여

그대는
지금 내게로 오는가
몸부림치는 이내 곁으로

감미로운 음악이
흘러도
요염한 여인의 미소와

화려한 보석의
유혹에도
그대뿐인 이 마음은

변함이 없건만
야속한
그대는 언제 오시려나

이 밤이
하얗게
퇴색되면 오시려는지

기다림에 지쳐버린
이내 사랑
무뎌지길 바라는가

그대의 존재가 되어

나
항상 그대의
슬픔과 함께 하리다

그대가
기뻐하는 순간보다
슬퍼하는 순간에

언제나
당신의 존재가 되어
함께 하리니

그대가
고단한 삶에 힘들어할 때
위안을 주며

외로운 밤
잠 못 이루면 포근한
팔베개가 되어주고

그대의 삶 중에
가장
소중한 존재가 되어

그대를
지켜주는
파수꾼이 되리라

임은 아니 오시고

고운 임
미운 임
임은 언제 오시나요

이제나
저제나
임은 아니 오시고

행여나
자정이 지나
모두가 잠들면 오실까

머언
서편 바라보는
이 마음을

임은
아시는지 모르시는지
야속한 밤에

바람 소리 스산한데
임의 발자국 소리
언제나 들려올까

4

그대 가슴에 닿으면

이내 사랑이
그대 가슴에 닿으면
슬픔이 없어
그대
고운 얼굴엔
환희의 꽃이어라

 • • • • • • 너는 참 행복하여라

다란여향(茶蘭餘香)

누옥(漏屋)의 뒤뜰
수년 세월의 흔적
는개 속에 피어난 다란여향인가

소견세월(消遣歲月)의 적(跡)
쉰 고갯길 돌자 하니
수빈은 반백이었네

먼 길 떠난 임이 그리워
어제도 오늘도
단장곡(斷腸曲)은 연이어지고

무심한 사계는 변상(變相)하는데
한번 떠난 그 임은
다시 돌아올 줄 모르네

여행지에서

그는
지금 여행중이다

가다가다
길 걸음 멈춘 바닷가에
여장을 풀었다

해넘이 창가에서
금빛 찬란한
물개를 바라본다

쥔 없는
돛단배 위로
갈매기 허기짐을 달랜다

임 그리는
애잔한 마음의 시를 엮어
허공에 띄우고

반걸음 저편
임과 함께 갯벌 뒹구는
하나 됨을 그리며

아스라이 들려오는
파도소리에
임 찾는 시를 낚는다

깊은 밤 깊은 곳에

이내 가슴
깊은 곳에
그대는 흔적이어라

영원히
지울 수 없는
나만의 흔적이어라

그대 향한
정렬은
활화산처럼 타오르고

주체할 수 없는
불꽃은
전신을 삼켜오네

조각난 흔적들이 휘돌아
열기를 잠재우고
밤하늘 유성의 죽음이다

달빛웃음 담은
신비로운 샘
유혹의 별빛으로

벽인향(辟人香) 채운
여인의
음욕으로 솟구치는

천상수(天上水)에
혼절한
깊은 밤 깊은 곳에

아직도 서툰 길 걸음인가

횡-하니
떠나고 싶은 마음에
망설임만 커지고

후들거리는 몸
걸음이
천근만근이니

불혹 인생 넘긴
지천명의 길이어도
아직도
서툰 길 걸음인가

비의 연가

모처럼 무력함인가
평안함인가
채 이른 비 내려와

회색빛 대지엔
축축한
음률이 흐르는데

무색한 가슴엔
그리움이어도
그대는 먼 곳에 있네

어제도 오늘도
그대는
안개 속 저편인가

비 내리는 창가
애절한 이 마음을
달래줄 사랑

그대는 아니 오고
채 이른 비는
그칠 줄 모르네

향

주님의 사랑으로
다시 살아난
위대한 여인이여

죽음의 골짜기에서
어둠을 뚫고
생명의 빛을 찾았으니

부결 확률의
모든 것을
주님께 의존합니다

당신의 상처가
아물면
함께 떠날 여행길에

사랑의 소중함과
가족의 소중함을

생명의 소중함과
시간의 소중함을

이웃의 소중함과
음식의 소중함을

신앙의 소중함과
모두가 소중함을
기쁨으로 찬양하리니

허약한 몸
일어날 수 있도록
주님의 은총 주시고

세상의 빛과
소금이 되는
주님의 종으로 살게 하소서

첫사랑

나
어린 시절의 순박함이
세상을 모른 채

세월은
그냥
흘러가는 줄만 알았는데

우리네
인생이 무엇이고
삶이 무엇인지도 모르고

시샘하는 세월에
소년은
성장통에 빠지더니

멀지 않은 날에
인생의
두려움을 알게 되었지

삶의 굴레는
만남과 헤어짐
사랑과 이별을 깨닫게 하고

그리움을
잉태하는 밤이면
별들에게 편지를 띄웠지

먼 훗날
진정 그것이
첫사랑인줄 알았을 땐

소년의 흔적은
사라지고
낯선 어른이 서 있었네

당신은 누구신가요

당신은
누구시기에
이 마음의 감옥인가요

당신 없는
이곳에
감미로운 음악이 흐르고

달콤한
음식이 눈앞에
가득찬 황금주말에

신바람이지만
그대가 없는
이 빈자리는 감옥이어라

석양빛 스미는 눈가에
이슬 맺히고
오지 않는 임 기다리며

애태우는 마음에
구슬픈 음률 심장을 휘돌아
지루한 밤을 태우고

여명의 빛 창문에
걸치도록 아니 오시는 임
해오름이 부끄럽게

이 가슴 옥죄이는
야속한 분
당신은 누구신가요

그리움

그리워
당신이 미치도록
그리워요

보고 싶어
당신이
숨 막히도록 보고 싶어요

사랑해
정말로 당신만을
사랑해요

당신과 함께할 수 있는
그날까지
영원토록 사랑하리요

당신 기다림에
지친 이 마음
너무나 힘이 들어라

하던 일 멈추고
이내 곁으로
어서 빨리 와 주세요

그대 그리워
입술 메마름이 오래된 시간
그리움으로 허기진 몸

혼절하기 전에
임 그리워
애끓는 이내 곁으로

가을의 이별

가을은 언제나
사랑을 잉태하게 하고
아픔을 선물한다네

가을이 찾아오면
내 마음은
회전목마가 된다

그 가을엔
고망착호(藁網捉虎)한 사랑이
깊은 상처를 남기고

갈기진 마음이
가을낙엽 되어
허공을 휘돌아 땅에 구르니

어둠에 찬 도시가
소소한 빛을 찾는
서러운 이별의 순간이다

그리움이 키워낸
옹벽의 애심조차
신산이 부서지니

빛바랜 계절에
봄이 찾아오면
이 마음에도 봄은 찾아오려나

이별할 아픔으로
찢겨진 심장에
응고되는 선혈처럼

가을의 이별은
그렇게
잔인한 이별이었다

그대 가슴에 닿으면

내
너를 위하여
뭐든지 할 수 있다면

그대의
골 깊은 상처를
치유하고 싶어

그 상처 아무는 날
무정세월(無情歲月)의
흔적을 지우고

시불가실(時不可失)의
날개 달아
울사랑 시작하리니

이내 사랑이
그대 가슴에 닿으면
슬픔이 없어

그대
고운 얼굴엔
환희의 꽃이어라

5
천년의 사랑

달콤한 속삭임과
따스한 가슴으로
둘만의 사랑을 위해
신이시여
우리의 사랑을
축복의 손길로
열어주소서

 • • • • • 너는 참 행복하여라

이별의 순간

설익은 사랑의
예정된 이별인가
가슴 저미는 순간이다

365일
낮과 밤의 영화 속에
담아온 연정으로

천년 사랑의 꿈을
빌었거늘
그 꿈이 무너질 때

허허 탄식하며
애심도 사라져
초췌한 가슴 쳐봐도

민들레꽃 같은 사랑과
질경이 같은 사랑
할미꽃 같은 사랑 하자던

그 약속이
일순간에 무너져
아찔하게 쓰러지던 날

어머니

이 세상에서
가장 소중한 분
나의 전부이신 당신이여

그런 당신께
나는
평생토록 짐일 뿐입니다

정안된 열 달을 채워
천지를 가르는 산고 끝에 얻은 것이
하찮은 부산물인데도

행여나 잘못될까
근심걱정 마를 날 없이
긴 세월을 하루 같이 정성으로 키웠더니

이 못난 자식이
당신께
드린 것은 하나 없나이다

오늘의
내가 존재할 수 있음은
당신의 전부입니다

일순간의
그릇된 행동 자제하고
온갖 유혹을 뿌리치며

당신의 눈물과
사랑으로
큰 죄를 범하지 않았는데

가련한 모습과
나약한 음성이 서러워
당신을 외면했습니다

선뜻 다가올
큰 이별의 날이 지척인데
이놈은 아직도 철이 없으니

당신이
떠나가신 뒤 회한의 눈물을
흘려야 소용없는데…

애심(哀心)

그대와 함께할 때
흘린 눈물은
무슨 사연일까요

불혹 인생으로 맺은 사랑
죽음보다도 소중한 사랑이
이별의 상처 될까
두려움에 흘린 눈물인가요

세상 무엇보다 큰 사랑을
전할 길 없어
안타까움에 흘린 눈물인가요

그대 없이 흘러간
무정한 세월이
야속하여 흘린 눈물인가요

무릇
시인은 연서(戀書)로 마음을 전하고
배우는 연기(演技)로 사랑을 표현한다지만

하잘 것 없는
이 몸이야
사랑하는 마음이 전부인데

애심(哀心) 전할 길 없는
서러운 이 마음
눈물만 흘리고 있네

사랑을 하지 말까

사랑은 위대한 것
그러나 사랑은
참기 어려운 고통이다

그렇다고
사랑을 하지 말까

사랑은 소중한 것
그래서 사랑은
우리에게 희로애락을 주지

그러니
사랑이 얼마나 소중한가

사랑은 아름다운 것
화사한 장미꽃이
사랑보다 아름다울까

그래서
사랑은 참으로 아름답다

사랑은 잔인한 것
보고파도 보지 못하고
애만 태우는 사랑

그러니
사랑을 하지 말까

이 세상 무엇과도
바꿀 수 없는
위대한 사랑을 위해

오늘도
그대의 늪 속에서
사랑의 진리를 깨닫네

유일한 사랑을 위해

그대 사랑하는
이 마음이
변할 수 있고

잠시라도
그대를
미워할 수만 있다면

그대 사모하는
이 마음 속
그리움은 덜할 텐데

마음 한구석의
미움조차
그리움으로 변하니

그대 미운 그림자
밟히지 않고
차마 미움이 될 수 없다면

불타오르는
그리움을 견딜 수 있게
인내심을 배우자

그대와 내가 맺은
이생의
유일한 사랑을 위해

그 사랑 소중한 사랑

우리의 만남이
그냥 스치고 지나갈
바람이 아니라면

혹여
잠시 머물다 떠나가는
구름이 아니라면

만남의 순간이
딴은 그러기도 하련만
어떠하랴

만남 자체가
수억 확률의 인연으로
소중한 것을

세상 뭇 사람들처럼
힐긋대며 붉힌
눈빛의 만남이 아닌 것을

소중한 만남의
인연이 되는
그리움을 쌓아보자

그리움이 쌓이다보면
사랑을 잉태하리니
그 사랑 소중한 사랑

천년의 사랑

우리 사랑은
천년의 사랑
그 사랑 소중한 사랑

전생 인연이
무엇이기에 울 사랑이
애틋한가요

여린 얼굴
우수에 찬 눈빛은
한 설움의 흔적인가

우리의 사랑
또 다른
한 설움 되지 않도록

영원히
풀리지 않는
사랑의 매듭을 엮어보자

달콤한 속삭임과
따스한 가슴으로
둘만의 사랑을 위해

신이시여
우리의 사랑을
축복의 손길로 열어주소서

당신의 노여움에
또 다른
한 설움이 되지 않도록

귀소본능

나를 원하는 당신은
절반이 아닌
내 영혼까지도 원하지

나의 모든 것을
벗어버리고
그대에게 오라고 하네

나의 절반은
그대 인생의
동반이 될 수 없는가

그대와 만남이
지속된다 해도
당신의 전부가 될 수 없는 것

유교사상에 묶여
행여나
낯부끄러운 신앙심으로
그대를
멀리함이 아니며

자칫 삶조차
바꿔야 할
소중한 만남이 아니려거든

남성 귀소본능의
상처 되기 전에
귀향의 길 가라 하시네

조건 없는 사랑

네게 준 사랑이
조건 없는 사랑이었기에
이별의 나루터엔
강물도 서럽구나

저미는 가슴에
나룻배가 울고
매듭진 사연의
이별의 굿판을 열자하니

구슬픈 음성의
애심(哀心)을 풀어낸
절절한 살풀이
수만리 길 달하노니

하늘에 비할까
바다에 견줄까
오 내 사랑아!
어이하여 눈길 돌리시나

양분(兩分)된 마음이
소슬히 쓰러진
묽밑 허무한 밤에

채 둥글지 않은
달님이 눈물 채우는
어둠을 거두어라

　한 톨 한 톨 미혹한 글을 모아 첫 詩集을 준비하면서, 역대 시인들께서 남기신 아름다운 詩는 장시간의 고뇌와 번민 속에 산고의 끝자락에서 얻어지는 고귀한 보석이란 생각에 다시 한 번 존경스런 마음이 앞섭니다.

　詩集을 발간하는 데 그동안 많은 지도와 가르침을 주시고 서문, 서평을 남겨 주신 선생님께 진심으로 깊이 감사드립니다.

　앞으로 더욱 글 쓰는 일에 열중하면서, 나눔 사랑을 실천하는 삶 가운데 삶에 지친 분들에게 위안이 되고 희망의 불꽃으로 다가갈 수 있는 글을 쓰도록 더욱 매진하겠습니다.

正巖 李段旭

여정, 깨우침과 외침의 시학
- 正巖 이은욱의 시세계

손희락
(시인 · 문학평론가)

1. 자기만의 목소리

인생길, 고뇌의 배낭을 짊어지고 걷던 시인 이은욱이 『너는 참 행복하여라』 의미 깊은 표제를 붙여 시집을 상재한다.

출판사에서 각 서점으로 배포를 해도 프리미엄(premium)을 전혀 기대할 수 없는 무명시인들의 시집은 출간 한달도 되지 않아 구석진 곳, 먼지를 뒤집어쓰고 있거나 반품을 당하는 서러움을 겪게 된다.

두터운 독자층을 형성하고 있는 정호승, 문태준, 이외수 등 기라성 같은 몇몇 시인들의 인기작품에 비해서 시적기교나 운율, 진리적 함축 등이 미약하고 서툴지만 내용면에서 비교할 때는 그렇지 않은 좋은 시집들도 더러 눈에 띤다.

물론 무명시인이라는 꼬리표를 떼지 않고서는 문단의 주목을 받거나 독자들의 관심을 끌어 상업적으로 성공하기는 쉽지 않다.

그러다보니 유명세를 타기 위해서 수단방법을 가리지 않는 사람들도 있다.

경제적으로 여유가 있는 시인들은 자신이 상재한 작품집을 친인척을 동원, 사재기해서 주간, 월간, 베스트에 올려놓는 한심한 짓거리도 발생하고 있지만 이해타산 집단들에 의해서 묵인되어지기도 한다.

하지만 이런 행위가 시인의 이름을 스스로 더럽혀 지탄을 받는 부끄러움이 될지언정 성공의 초석을 놓기는 어렵다. 왜냐하면 시집에 수록된 작품의 질이 시인의 존재 가치를 이미 평가 하고 있기 때문이다.

또 신인들은 평론가의 서평을 받기도 쉽지 않다. 논자(論者)들이 자신의 이름 석 자, 이미지 관리를 의식하다 보니 무명시인들의 시집에 해설조차 달아주기를 꺼리기 때문이다.

그러나 엄밀히 말해서 모든 시인은 자기만의 목소리, 특유의 톤을 지니고 있다.

시인들마다 시를 쓰는 방법이나 기교에 격차를 보이고 있기는 하지만, 사유를 함축하여 독자들에게 전달하려고 하는 명징한 메시지의 내용은 진솔하고 무겁고 깊이가 있다.

단지 언어 운용 능력 면에서 유명시인들과 비교할 때, 미숙하다는 그것뿐이다.

풋풋한 언어는
꾸밈이 덜하여 좋아라

따스한 표현에
이웃의 정감이 좋다네

누구나 반기는
담장이 낮아서 좋아라
절절한 마음을
전하는 사연이 좋다네

초면의 서로가
공유한 시심(詩心)이 좋아라
만남의 기쁨과
나눔의 사랑이 좋다네

아름다운 글밭에서
미와 영상으로
따스한 마음을 나누면

이 험한 세상에
위안을 주리니
참 행복한 공간이로다

– 「언어의 공간」 전문

　화자는 자신의 언어에 대해서 풋풋하고 꾸밈이 덜하여 아직
설익었음을 고백하고 있다.

사실 독자들은 일상적인 평범한 언어를 일상적인 억양으로 서술하여 단순한 느낌을 던져주는 가벼운 시들을 좋은 시라고는 인정하지 않는다.

쉽게 읽혀지면서도 삶의 공감대를 형성하고 있고 진리적 묘사가 함축되어져 있는 맛깔스럽고 독특한 시들을 원하고 있는 것이다.

화자의 시가 독자들의 욕구를 어느 정도 충족시켜 줄지는 모르겠지만, 자신만의 목소리를 깊게 지니고 있는 것 같아서 평설을 쓰는 심적 부담에서 일단은 벗어난다.

왜냐하면 시인의 목소리가 정체불명의 소음에 뒤엉키고 혼선되어져서 불명확, 해독이 불가능한 작품들도 더러 있기 때문이다.

이은욱 시인이 외치고 있는 시적 특질은 삶의 여정에서 깨우친 소중한 진리의 공유에 있다고 생각되어 그 참신한 사명감에 기대를 갖게 된다.

2. 시와 시인의 상관성, 언행일치의 중요성

시를 쓰는 시인에게서 창작의 근간(根幹)을 형성하고 있는 내면의 진실은 어떻게 파악되어지는가?

자아성찰이나, 철학적 소신을 바탕으로 하여 실행에 옮긴 삶의 열매, 언행일치의 족적을 작품과 비교하면서 우리는 바르다, 틀렸다, 판단하게 된다.

고로 시를 읽으면서 시인의 사상, 관조의 깊이나 삶의 진실을 어느 정도 이해할 수 있을 때, 작가의 내면세계에 비로소

접근하게 된다.

　감춰진 은밀한 세계가 실체로 투명하게 나타난 것이 곧 작품이요 시이기 때문에 시를 능숙하게 쓰는 것과 시처럼 맑고 영롱한 삶으로 행동하며 살아가는 것은 둘 다 매우 중요하다. 그렇지 않으면 독자들은 그 시인의 작품을 외면하거나 배척하게 될 것이다.

하느님 사랑으로
둘이 만나
만인의 축복 속에
새로운 삶을 시작하게 된

사랑하는
경훈아, 안나야
바라노니
하느님 섬기는 신앙으로

就義者: 바른 도리를 좇는 삶과
愛禮者: 예를 사랑하고 존중하는 삶을
知德者: 지식과 도덕을 갖춘 삶과
明智者: 밝은 지혜를 갖춘 삶을
有信者: 신의가 있는 삶을 통하여

아내를 사랑하는 남편과
자녀를 사랑하는 아버지로서
남편을 사랑하는 아내와

자녀를 사랑하는 어머니로서

부모님께 효도하며
형제간의 우의와
나눔 사랑의 삶 속에서
행복을 찾는 부부로 살아가길
간절히 기도한다

－「축복의 기도」 전문

　이제 가정을 이루어 아비 곁을 떠나는 자녀를 위하여 축복을 빌어주는 5연으로 이루어진 작품에서 감지되는 것은 사랑에도 언행일치를 강조하는 화자의 신앙, 그 깊이이다.

　시의 형식을 띠고 있는 간절한 당부의 편지이기 때문에 운율은 매끄럽지 않고 군더더기는 붙어있지만 평자는 화자의 삶, 내면 의식을 확연하게 들여다 볼 수 있는 작품을 발견한 것 같아서 참으로 기뻤다.

　가정을 이룬 신혼부부는 아비의 당부를 가슴 속 깊이 새겨 시대적 변화가 몰고 올 윤리적 타락과 파괴의 태풍 속에서 혼인서약을 굳게 지켜 반석 위에 세운 흔들림 없는 가정을 이루어 행복하게 살아갈 것으로 믿어진다.

　시의 기능, 시의 역할은 바로 이런 것이 아닐까 싶다.

　새롭게 탄생한 부부에게 평생에 잊지 못할 감동을 던져주고 진솔한 교훈을 가슴 깊이 새길 수 있도록 신성하고 거룩한 힘이 되어주는 것이다.

　일생동안 지켜가야 할 부부의 도리에 대하여 세밀하게 묘사

하고 있는 화자에게서 그의 작품 세계가 살아 움직이고 있음을 확인하게 된다.

이 말의 뜻은 화자의 작품들은 삶의 진실이 어느 정도 함축되어져 있다는 뜻이다.

말과 행동이 다른 사람들을 보게 된다. 우리는 그들을 비인격자라고 부른다.

시인도 글과 인격이 일치되지 않는 사람들이 많다. 그렇다면 아무리 시적 이미지 구성이 뛰어나고 진리적 깨우침이 깊어서 절창의 시를 쓴다고 하여도 그 시인과는 상관없는 구정물 위에 떠도는 굳은 기름이 되어 버림을 받을 것이다.

오늘 우리가 살고 있는 이 시대는 문예지도 많고 양산되어진 시인들 또한 많다.

시를 쓰는 기술만 뛰어난 사람들도 많이 있다. 그런데 언행 일치가 이루어진 인격자, 시인들은 점점 줄어들고 있다.

이런 관점에서 바라볼 때, 훌륭한 시인을 판단하고 그 존재 가치를 적절히 평가해야 한다면 작품의 세련미나 언어의 연마, 조탁보다 더 중요한 것이 있다.

바로 작품 속에서 관류하고 있는 시적 진실과 일치를 이루는 인격, 혹은 실행의 뒷받침이 아닐까 싶다.

너와 나
상처 난 뜰 앞에 선다

갈기진 심장 속에
혈분(血噴)처럼 뜨거웠던
애욕의 바다는 썰물을 부르고

광란(狂亂)의 파도가
암벽에 부딪쳐
굉음과 함께 사라질 때

끈적이던 애심(愛心)은
엉킨 영혼의
여운을 남긴 채 처절한 죽음이다

볼 위에 흐르던 눈물이
염기(鹽氣)로 남아
배신한 검은 미소가 스친다

숨 막힐 듯
더럽혀진 현실 앞에
진실은 옥죄이고

오염된 세상에
나뒹굴어진 입술로
진실이 사라지던 날…

　　　－「상처」 전문

　화자의 언행일치 추구의식에 대하여 정확하게 분석할 수 있는 작품이다.

　마지막 연에서 "오염된 세상에/ 나뒹굴어진 입술/ 진실이 사라지던 날" 상처를 입었다고 말하고 있다.

배신, 상처, 처절한 죽음의 상황을 시적 이미지로 연결시켜오다 결론에서 세상은 오염되었더라도 입술과 진실은 나뒹굴어서는 안 되는 소중한 것이라고 여운을 남기는 어법으로 마무리하고 있다.

이렇게 볼 때, 이은욱 시인은 이 시대에 꼭 필요한 시인일 것 같다. 언행일치의 철학 속에서 삶의 순수성을 함축하고 있는 시적 진실이 시적 기교보다 더 중요시되어 작품으로 탄생되고 있기 때문이다.

언행일치의 중요성, 귀한 깨우침은 돈으로 살 수 없는 소중한 것이고, 삶의 길이나 문인의 길을 올곧게 걸어가는 데 있어서 우왕좌왕, 방향을 잃지 않는 이정표가 된다.

고로 먼저는 자신의 실체, 정체성을 확인하려고 몸부림치는 삶의 노정을 통하여서 깨우침이 깊은 시인이 될 때, 그 깨우침이 작품 속을 관류하고 있을 때, 독자들에게 감동을 안겨주며 생명력을 지닌 명시를 쓸 수 있을 것이다. 깊은 깨우침이 수반되지 않는 명시는 결코 존재하지 않는다.

3. 깨우침에서 외침으로

깨우치는 것도 중요하지만 외침도 중요하다. 시의 기능이나 정신에서 모순으로 변화하고 있는 세상을 향하여서 외침이 상실되어 있다면, 시인의 책무를 유기하는 것이다.

21세기는 물질 만능시대이다. 평생 동반자를 선택하는 일에도 감정의 순수성이나 내면적 인격보다 가문과 황금을 중시한다. 그것이 나에게 어떤 효과, 어떤 유익을 주어 부스러기를 떨어뜨려줄까, 혹은 그 부스러기가 모래알인가 아니면 바윗돌처럼 큰가, 저울에 달아보고 계산한다.

그렇다면 시인은 사회적 병폐에 대하여 깨우쳐야하고, 그 깨우침은 세속과 대결하는 진리적 외침으로 나타나야한다.

본질적 사랑에 대하여 묘사한 작품으로 부패하고 타락한 사랑에 도전하는 시인정신이 살아 있어야 한다는 말이다.

이은욱 시인의 작품에 접근해보자.

비좁은 이 땅에 살면서
만나면 저 잘났다 아귀다툼질에
진노하신 야훼시여

당신 벌 내리심으로
촌열(寸裂)의 피막(皮膜) 속에서
아우성치는 악인(惡人)들아

그대들의 형상이
선자(善者)와 악자(惡者)의
골 깊은 화심(禍心)이려니

세상환란의
시작과 끝은 어디인가

난척하는 무리들의
과신(過信)한 피조물은 찢겨지고
무력한 선자(善者)의 피눈물이

강물 되어 흐르네

거룩하신 주 하나님
불쌍한 이 몸이
간절한 기도와 송가(頌歌)로
주님을 찬양하나이다

야훼님의 애심(愛心)으로
효우(曉雨)가 내리고
무더위 화들짝 줄행랑치네

- 「새벽 비」 전문

이 작품의 제목은 '새벽 비'라고 평이하게 붙여 놓았지만, 내용은 거대하다. 그리고 시인의 목소리는 허공에서 춤추는 칼처럼 예리하고 날카롭다. 세상을 향해 선지자적인 외침으로 책망을 쏟아낸다.

1연에서는 비를 내리지 않는 하나님의 진노를 소개하고 있고, 2연에서는 타들어가는 열기에 찢어지고 고통 받는 비참한 현실이 너희들의 죄악과 하늘을 찌르는 교만 때문이라는 것을 지적하고 있다.

비가 오지 않아 대지가 타들어가는 현상을 신의 진노로 깨닫고 외치고 있는 이 작품의 특징은 3단계로 나눌 수 있다. 1)사건의 원인 2)해결방법 3)시인의 중보기도 등이다.

마지막 연에서 시인의 단정은 무엇을 말하고 있는가? 야훼의 긍휼, 애심이 없으면 인간의 생존, 자체가 불가능하다는 것이다.

이 거대한 회개의 메시지를 현대인들을 향하여 던져주고 있
는 시인의 작품들이 어찌 가볍다고 할 수 있을 것이며 습작기
인가 아닌가, 운율이 살아 있느냐 죽어 있느냐, 정통 시학에
뿌리를 두고 시가 제대로 짜여져 있느냐 등을 따진다는 것은
무의미할 것이다.

화자의 애절한 중보기도 덕분인지 이 시의 결론에서는 새벽
비(曉雨)가 쏟아져 타들어가는 대지를 살리고 목마른 인간들에
게 희망과 기쁨을 주고 있다.

고로 이 시는 모든 사람들의 갈증을 해소시켜주는 좋은 작
품이고 이 시대에 꼭 필요한 시인 정신을 함양하고 있는 화자
의 인식이 다시 한 번 확인되어져서 안도하게 된다.

이 작품 외에도 선지자적 위치에 서서 현대인들과 세상을
향해 진노와 분노를 토해내고 있는 작품들이 여러 편 있지만
일일이 소개하지 못하고 줄인다.

4. 내세 지향 시(詩)의 종착지

이은욱의 시가 지향하고 있는 궁극적인 목적지는 현세를 초
월하여 내세로 뻗어나간다.

시인들마다 시의 지향점은 각각 다르다. 허무와 절망에서
벗어나지 못하여 슬픈 독백만을 토해 놓기도 하고, 현세에 기
쁨과 낭만, 쾌락을 추구하면서 독자들을 끌고 가기도 한다.

그런데 화자의 창작에 있어서 중요한 모티브는 천국이다.
그리고 천국에 입성하기 전, 인생길에서 만나는 인연의 소중

함과 아름답고 진실한 사랑을 덤으로 노래한다.
독특한 시인이 아닐 수 없다.

돈과 명예도 싫고
부귀와 영화도 싫다

늘 푸른 산
오염되지 않아 좋은 곳
해맑은 물
사계절 쉼 없이 흐르는 계곡

문명의 때가 덜하여
사역의 다툼이 없는
토인(土人)으로 살 수 있다면

사계(四季)로 엮어낸 시(詩)
노래 부르고
맑은 시선 붓놀림이 삶을 남기니

여로(旅路)에 지친 산객
머물러 갈 쉼터인데
좀 외로우면 어떠하오

해질녘엔 홀로 갈 저승길
그리 멀지 않았는데
아옹다옹 할 것이 다 무엔가

도시의 삶 내려놓고
그곳에서 살 수 있다면…

- 「그곳에서 살 수 있다면」 전문

　화자는 가톨릭교인이다. 그런데 시를 쓸 때는 종교를 초월
하여 불교적인 휴머니즘 시풍을 좇는 작품들이 더러 보인다.
「보현스님」이란 작품에서는 먼 길 떠나기 전 스님과의 인연
그 의미를 풀어내고 있다. 종교와 종파를 초월할 수 있을 만큼
삶과 죽음에 대하여 화자의 깨달음은 깊고 넓고 확고한 신앙
을 지니고 있다.
　시인은 위의 작품에서 돈과 명예도 싫고, 부귀와 영화도
싫다.
　깊은 산속에서 토인으로 살고 싶다고 말한다. 토인이란 '한
장소에서 붙박이로 사는 사람' 을 뜻하는데, 위의 시에서 취택
되기에 적절한 시어인 것 같다.
　그리고 저승길이 그리 멀리 않았다고 말한다. 산에서 토인
으로 살든, 도시에서 탐욕의 부나비로 살든, 갈 곳은 결국 한
곳뿐이라는 함축이 은유로 숨어 있다.
　그곳이 어디인가, 천국이다.

오- 내 사랑이여
우리 둘만의
약속의 땅으로 떠나요

전생인연으로 맺은

우리의 사랑
꽃피어 날 수 있는 곳

고운 빛으로
사랑의 열매 향기 가득한
영원한 안식의 땅

시기와 질투가 없는 곳
물질과 명예가 없는 곳
부귀와 영화가 없는 곳
둘만의 사랑이 있는 곳

— 「약속의 땅」 중에서

사실, 현대인들에게 있어서 천국이나 내세같이 무거운 주제
는 별로 관심들이 없는 사람들이 많다. 왜냐하면 그곳은 죽음
이란 과정을 일단 거쳐야 하기 때문이다.

할 수만 있다면 이승에서 돈과 명예로 치장한 화려한 집을
짓고 쾌락적으로 자자손손 살기를 원한다.

그런데 그것은 불가능한 꿈이다. 화자가 다양한 주제로 다
루고 있는 작품들에서는 당신은 떠나야할 존재이다. 고로 무
엇인가 준비를 해야 한다는 충격적인 메시지를 던져 주면서
주의를 환기시킨다.

왜 이은욱의 작품에서 이런 내세의 문제들이나 사건들이 곳
곳에 제시되고 있는 것일까. 인생의 근본문제들에 대한 깨달
음이 깊기 때문이다. 그 깨달음이 있기까지 삶의 여정자체는

평탄했을지 모르지만, 고뇌의 굴곡은 심하여 땀을 흥건히 흘렸으리라 유추하게 된다.

5. 결론 — 너는 참 행복하여라

화자는 시집의 표제를 『너는 참 행복하여라』라고 정했다.
표제 시의 내용을 보면 내포되어 있는 진리가 깊다.

       승자와 패자의
       환희회한에 찬
       단 웃음과 쓴 웃음
       그 종착점을 보았는가

       이내 여정의
       고난이 얼마라고
       요단강 건너는 날
       한 줌의 재가 될 인생인데

       – 「너는 참 행복하여라」 중에서

    화자는 위에서 인용한 시의 결론에서 "이제라도／ 청심과욕(淸心寡慾)한／ 너는 참 행복하여라"라고 말하고 있다.
    이 세상에서의 삶, 가난이나 부는 중요하지 않고 청심과욕하여 요단강 건너는 날, 참 행복한 자가 되는 것이 진정한 인생의 성공이라는 뜻이다.

여기에서 주목되는 것은 내가 아니고 너이다. "너는" 하면서 2인칭 대명사를 사용하고 있다. 자신보다 타인에게 초점을 맞추고 있다는 것은 무엇을 말하는가. 나는 이미 요단강 건너가서 행복해질 수 있는 방편을 깨닫고 있고, 외치고 있고, 소망을 두고 살아가고 있다는 의미 깊은 함축이 붙어 있는 표제이다.

이은옥의 시는 음이 둔탁하다. 그러나 곧 극복하여 좋은 시를 쓸 것으로 믿는다. 왜냐하면 그는 부지런히 관찰, 탐구하여 깊이깊이 파고드는 천성을 지니고 있기 때문이다.

시의 주제나 발상, 내용, 이미지의 함축 또한 진솔한 가치를 내포하고 있다. 그 이유는 쉽게 접근하지 못하는 인생, 근본적인 문제들에 대하여 자욱하게 덮은 안개를 걷어내며 앞서 걷고 있기 때문이다.

대부분의 시인들은 자신이 본 것으로 시를 쓰지만 화자는 체험을 통해 깨달은 것으로 시를 쓰고 있다. 이것이 이 시집의 가치이며 다른 시집들과의 차이점이다.

시를 사랑하는 독자들에게 일독을 권한다.

아름다운 글밭에서 미와 영상으로
따스한 마음을 나누면
이 험한 세상에 위안을 주리니
참 행복한 공간이로다